Corneille et ses amis.

CORNEILLE ET SES AMIS,

COMÉDIE

EN DEUX ACTES ET EN VERS,

Par MM. LUCIEN-ÉLIE et LEMAIRE aîné

Représentée pour la première fois sur le théâtre des Arts de Rouen, le 11 Août 1842.

PERSONNAGES.	ACTEURS.
CORNEILLE.	MM. MONROSE.
PHILIPPE DE CHAMPAGNE.	MONTDIDIER.
POUSSIN.	F. CRUVEILLÉ.
MARIE.	Mme FLEURY.
DUCHESNE.	M. CUDOT.
JOSEPH.	

PREMIER ACTE.

Le théâtre représente deux appartements, à droite du spectateur, celui de Poussin, à gauche, celui de Corneille. Ces deux pièces sont meublées très simplement. Chez Poussin, un chevalet à chaque coin, en avant une petite table avec une boîte qui renferme des pinceaux, une palette çà et là, quelques vieilles toiles. Dans le fond, un petit buffet assiettes, couteaux, verres, etc. Une glace, quelques livres, une couche, une caraffe, des chaises, deux tabourets. —Chez Corneille, un meuble de cabinet. En face du spectateur, une double porte vis-à-vis d'une autre double porte qui ouvre dans le couloir, sur une pièce de fond.

SCÈNE I.

POUSSIN, MARIE.

POUSSIN, *devant son tableau, Marie assise sur le devant de la scène. Elle coud.*

Oui, cette étude est bonne, et j'ai, là, tout espoir
Que l'horizon, pour moi si profond et si noir,
S'éclaircira bientôt, et qu'enfin, de ma route,
Le temps écartera les craintes et le doute.
Oh ! maintenant, surtout, que le ciel m'a donné
Un ami, presqu'un frère, avec moi condamné
Aux labeurs ignorés, aux secrètes colères,
Aux longs rêves, remplis de menteuses chimères,
Aux projets de grandeur, aux froids pensers de
[mort,
Aux orages qui seuls font le bonheur au port ;
Tortures qui, sans trève, accablent, dans la vie,
Quiconque veut planer sur la foule asservie.
—Suis-je près? suis-je loin? Que me garde demain?
N'ai-je plus de douleurs aux pages du destin ?....
Qu'importe ! désormais, j'accepte sans me plaindre ;
Puisqu'il est superflu d'espérer ou de craindre
Les jours comme ils viendront, Dieu n'a-t-il pas,
[d'ailleurs,
Aux fentes des rochers même semé des fleurs ?
Et n'est-ce pas, pour moi, comme un trésor de joie

Que ce loyal ami que sa bonté m'envoie ?
— Philippe va rentrer, préparons le couvert.

(*Marie se lève et va à la fenêtre.*)

Je ne sais trop pourquoi jusqu'ici j'ai souffert
Qu'il prît, rien qu'à lui seul, tous les soins du mé-
[nage.
C'est mal, — et, désormais, j'exige qu'il partage.

MARIE, *à la fenêtre.*

Pierre tarde long-temps. —Allons, personne encor
Ne quitte le théâtre. — Enfin ! ah ! quelqu'un sort.
— Un groupe de seigneurs. — Ils parlent tous en-
[semble.
Ecouter ! c'est en vain. Oh ! mais oui, ce me semble,
A leur geste — à leur air — la pièce a réussi !....
Un triomphe de plus !—Merci, mon Dieu, merci !...
Et Pierre, qui craignait que cette œuvre nouvelle
Ne fît tache à sa gloire et si pure et si belle ! —
Mais je l'entends, je crois.

(*Elle court à la porte et l'ouvre.*)

Qu'il monte lentement !

(*Philippe passe sur le carré, et ils se saluent ; elle referme vivement la porte.*)

Non, c'est notre voisin. — Je suis folle, vraiment.
Allons, à l'avenir, je veux être plus sage.
(*Elle s'assied près de la fenêtre, travaille, et regarde quelquefois dans la rue.*)

SCÈNE II.

PHILIPPE, POUSSIN. (*Philippe entre avec un panier à un bras et un pain sous l'autre, des cornets de papier dans ses poches, des fruits, des noix, etc. Une bouteille d'eau. Pendant le monologue de Marie, Poussin a préparé le couvert, de sorte qu'il finit seulement, quand elle finit elle-même.*)

PHILIPPE, *sur la porte.*

L'heureuse découverte ! Oh ! le charmant visage !
Tu ne m'avais pas dit, Poussin, et c'est un tort,
Que sous le toit voisin vécût pareil trésor !!..

POUSSIN.

Un trésor.... Je ne sais....

PHILIPPE. (*Il se débarrasse, et tire de ses poches plusieurs cornets qu'il met dans le buffet.*)

Se peut-il !

POUSSIN.

Je t'assure.....

PHILIPPE.

Quoi ! vraiment ! homme et peintre !.. Oh ! tu te fais
[injure !

POUSSIN (*Il place les fruits dans des assiettes, et les met sur la table.*)

Et pourquoi ?

PHILIPPE.

Pourquoi ?... Voici presque deux ans
Que ta grâce, il me semble, est le maître céans,
Et tu n'as rien appris !... et nulle voix secrète
Ne t'a dit de prêter une oreille indiscrète
Aux bruits que font les cœurs, autour de ton logis !
D'où vient tant de froideur, de crainte ou de mépris ?
Comment, quand le hasard ainsi te favorise,
Peux-tu fuir tout péché de douce convoitise ?...

POUSSIN.

C'est chose à respecter que le repos d'autrui,
Pouvais-je interroger notre voisin, chez lui ?...

PHILIPPE.

Oh ! de tant de simplesse, un peu laisse-moi rire !
Dans ton aveuglement, je te plains et t'admire !...
Mais une femme, ami, se trahit en tous lieux,
En vain elle se cache, et fuit à tous les yeux,
A qui veut observer, chaque objet la révèle,
Et tout ce qu'elle touche, aussitôt, parle d'elle.
— Sa façon de causer, d'aller et de venir,
Le bruit léger que fait l'huis qu'elle vient d'ouvrir,
Les épingles qu'on voit scintiller à sa porte,
Les chiffons oubliés qu'un coup de vent emporte,
Plus encor, ce parfum d'ordre et de propreté,
Qui pare tout réduit par aucune habité ;

Enfin, ces mille riens que le sage examine
Et qui disent, parfois, jusqu'à l'âge et la mine,
Indices qu'au hasard bien souvent j'ai surpris,
Au moindre événement, éveillent mes esprits,
Et je n'ai jamais, moi, pu vivre une semaine,
Sans savoir quels voisins touchaient à mon domaine.

POUSSIN. (*Il se met à table et mange.*)

Alors, cherche à ton gré, je t'en laisse le soin,
(*A partir de ce vers, Marie s'est appuyée le coude sur la fenêtre ; elle rêve en regardant dans la rue.*)
Pour moi, de m'éclairer je ne sens nul besoin.
Au fond, je ne vois là rien qui sente un mystère.
Mon voisin a pris femme... et, comme d'ordi-
[naire...

PHILIPPE.

Femme de ce butor, un si joli minois !
De moi-même, ou de lui, tu te moques je crois.

POUSSIN, *qui déjà a mangé de bon appétit.*

D'elle, de lui, de toi, fort peu je m'embarrasse ;
Sur ce siége d'honneur, mon hôte, prenez place.
(*Philippe place sa chaise très brusquement.*)

MARIE, *sortant de sa rêverie.*

Ah ! Dieu ! quelle frayeur !... Je rêvais, et ce bruit
M'a surprise un moment. Je suis sotte, aujourd'hui.
(*Un peu impatientée.*)
Pierre ne rentre pas !...
(*Elle regarde de nouveau dans la rue.*)

PHILIPPE.

Repas d'anachorète !
Ou plutôt de berger en soucis d'amourette !
L'onde d'un clair ruisseau, du lait, des fruits, du
[pain,
Fit-on jamais aux champs plus modeste festin ?
(*Philippe s'assied juste au moment où Poussin se lève.*)

POUSSIN, *se levant brusquement.*

Maintenant travaillons ;

PHILIPPE, *surpris.*

Peste ! que tu te presses !...
Satan change en poison ces débris que tu laisses,
(*Il s'emplit la bouche.*)
Si, quand je mange ainsi, les morceaux en courant,
(*Bouche pleine.*)
Je n'ai pas, à la fin, plus d'appétit qu'avant.

POUSSIN.

A ton gré, — mange donc...
(*Il quitte la table.*)

MARIE, *joyeuse.*

Il cause avec Duchêne.
(*Impatientée.*)
Si ce peintre bavard savait comme il me peine.
(*Avec crainte.*)

Ils s'arrêtent, mon Dieu! causeront-ils long-temps!
J'éprouve tant d'ennui, dès-lors que je l'attends.

POUSSIN, *il peint.*

Philippe, conte-moi, puisque tu tiens la table,
De ton maître Brower la fin si déplorable.
Où l'avais-tu connu ?

PHILIPPE, *toujours à table.*

J'arrivais à Paris ;
J'entrai dans la taverne où tu m'as vu depuis.
Accoudé sur sa table, au coin d'un pilier sombre,
Seul, et sans dire un mot, il s'enivrait dans l'ombre.
Quand, venant à ma voix, il m'offrit, en flamand,
Ma part d'un bon repas, j'acceptai prudemment.
Pour ma bourse, déjà plutôt vide que pleine,
Propos de telle sorte était trop bonne aubaine.
Il se nomma bientôt, et, grâce au vin qu'il prit,
En regrets déchirants son ame se trahit.
Alors, je me jurai de lui venir en aide,
De le guérir d'un mal dès long-temps sans remède,
Enfin, de l'arracher à ce fangeux destin.
Je l'essayai trois mois, hélas! ce fut en vain !..

(*Il se lève.*)

Un matin, ivre mort, il roula, dans la rue,
Sous les pieds des chevaux, et la foule accourue
N'eut plus à relever qu'un cadavre brisé.
Libre par ce malheur, lorsque j'eus déposé
Sa dépouille sanglante à la fosse commune,
Je me souvins de toi... Sur ta mince fortune,
Tu m'avais, maintes fois, fait l'offre de moitié ;
Je n'avais rien voulu, rien que ton amitié ;
Mais l'heure était venue où je pouvais tout prendre,
Je m'étais proposé de te venir surprendre,
Je cherchai, sans succès, cela pendant un mois,
Et je sentais mourir mon espoir aux abois.

(*Il s'approche de Poussin.*)

Quand lundi...

POUSSIN, *quitte son tableau.*

Quand lundi, débarqué par le coche
D'Andelys, où la mort d'un mien parent... très
[proche...
Vieil oncle que j'aimais, m'avait fait retourner,

(*Marie se met encore à la fenêtre.*)

J'apprends tout et j'accours, ami, pour t'emmener.
Ce qui fait...

PHILIPPE. (*Il prend la main de Poussin.*)

Ce qui fait que tous deux, à cette heure,
A l'étroit, mais heureux, dans cette humble de-
[meure,
Nous osons, pleins de cœur, défiant l'avenir,
Condamner la fortune, un jour, à nous servir.

MARIE.

A monter, cette fois, le voici qui s'apprête.

PHILIPPE. *Poussin est retourné à son tableau.*

La voisine revient me trotter dans la tête...
Or donc, si je t'en crois, elle aurait un mari ?
— Cela ne se peut pas, et j'en fais le pari !....

POUSSIN. (*Ici Marie va à la porte attendre Corneille.*)

Ah! Philippe, tais-toi. Tiens, je me sens en verve,
Que pour autre moment ta langue se conserve,
Je voudrais terminer....

PHILIPPE.

Il suffit, je me tais.

SCÈNE III.

CORNEILLE, MARIE, POUSSIN, PHILIPPE.
(*Philippe range la table, serre les assiettes ; il
fredonne bien bas, pendant cette occupation, qu'il
fait durer aussi long-temps que possible, puis
prépare sa palette, ses pinceaux, etc.*)

MARIE, *elle se jette dans les bras de Corneille.*

Enfin !... vous m'apportez ?

CORNEILLE.

Promesse d'un succès !
Bellerose a rendu Cinna plus grand encore !
Ils m'ont tous bien compris, et, jusqu'à Floridore,
Par qui je viens de voir mon espoir dépassé !
Au pardon de César, Baron s'est surpassé ;
Et sa femme est entrée en si parfaite voie,
Que je l'ai, par deux fois, embrassée en ma joie.

MARIE, *se dégageant avec un air boudeur.*

Embrassée ! Ah ! voilà ce que je vous défends !
Admirer, c'est assez...c'est bien.. Je le comprends,
Ce vous est un devoir. Hors cela, je réclame.
Désormais, n'embrassez, Monsieur, que votre
[femme.

CORNEILLE. (*Il quitte son manteau et le jette sur
une chaise.*)

Jalouse...

MARIE.

Oui, jalouse ! — Et l'on dirait, vraiment,
Que, sans eux, votre nom cesserait d'être grand.
N'avez-vous donc, à vous, rien qui soit votre
[gloire ?
Vous semblez, mon poète, en perdre la mémoire.

CORNEILLE.

C'est qu'en mon cœur je sens que je puis mieux
[toujours.
Mon plus beau diamant, taillé dans quelques jours,
Effacera, je crois, son plus orgueilleux frère.
Je le veux achever.— J'ai peu de chose à faire.

MARIE, *lui donnant la main.*

Oh ! que j'aime à vous voir dans un pareil esprit,
Quand aurai-je à transcrire un premier manuscrit ?
Tout ménage d'un mois est déjà vieux ménage,
Et vous ne faites rien... pas une seule page...
Par la folle raison que vous êtes heureux
Quand vous pouvez, ainsi, vous mirer dans mes
Mais je les fermerai !...   [yeux,

CORNEILLE.

                    Non pas, je t'en supplie ;
J'y repose si bien mon ame recueillie !..
Allons, — regarde-moi ; — quitte cet air fâché ;
Fermer d'aussi beaux yeux serait trop noir péché.
Baissez-vous, d'un baiser il faut que je punisse
Ces mutins révoltés. — Fi ! le méchant caprice !
(Il lui baise plusieurs fois les yeux.)

MARIE.

Assez....

CORNEILLE.

          Toujours ! — Eh bien ! ce grand courroux,
Ai-je encore à sauver ma tête de ses coups ?
Si je demandais grâce ?

MARIE.

                    Oh ! vous aurez beau faire !..
Je ne puis.... je ne dois.... aussi long-temps me
                                        [taire.
— Savez-vous bien, Monsieur, qu'on pourrait faire,
                                        [un jour,
De votre long repos, un crime à mon amour...
Pierre, si vous m'aimiez !.. Pourquoi cette paresse ?

CORNEILLE.

Demain sans plus tarder.

MARIE..

                    Non, non, plus de promesse !
Vous m'avez trop prouvé que vous les teniez mal ;
Ecrivez quelques mots à ce bon cardinal.
Sans lui... je n'eusse été, de sitôt, votre femme.

CORNEILLE.

Je lui dois, pour le Cid, au moins une épigramme.

MARIE.

Point de pensers mauvais, en raison du bienfait ;
Oubliez, en cela, le mal qu'il vous a fait ;
Dédiez-lui Cinna...

CORNEILLE.

                    Non pas, ma douce amie,
Il croirait que j'ai peur de son Académie,
Et, comme au chien battu, qui se rend à plaisir,
Peur qu'on prenne en pitié son humble repentir,
M'octroirait, en grondant, l'oubli de mon offense,
Sous peine de rentrer en sa toute-puissance.

D'ailleurs ma dédicace est faite à Montauron,
Et je ne voudrais pas la changer sans raison.
Mais, puisque tu le veux, je vais, à son altesse,
Composer un sonnet. Puis, ma dame et maîtresse...

MARIE.

Puis, esclave rebelle....

CORNEILLE.

                    A vos ordres soumis,
Je renonce au repos que vous n'aurez permis.

MARIE.

Vous dites vrai ?...

CORNEILLE.

Sans doute.

MARIE.

                    Voyez que je suis bonne !
Il vous suffit d'un mot, pour que je vous pardonne !
(Elle lui indique le secrétaire, et va fermer la fe-
*   nêtre.)*
Alors, mettez-vous là... Faites de votre mieux.
Songez-y, je m'en vais, si vous levez les yeux.
(Corneille baise la main de Marie, et va s'asseoir
*   au secrétaire ; il prépare de quoi écrire.)*

PHILIPPE, *il prend et rejette plusieurs pinceaux.*

Oh ! les mauvais pinceaux ! Impossible de peindre !

POUSSIN, *se retournant.*

Tu ne me parais pas, en cela, fort à plaindre,
Je te crois aujourd'hui de courage un peu froid.
Qui donc est fatigué, des pinceaux ou de toi ?

CORNEILLE, *composant.*

« Puisqu'un d'Amboise et vous, d'un succès admi-
« Rendez, également, vos peuples réjouis, [rable,
« Souffrez que je compare à vos faits inouïs,
« Ceux de ce grand prélat, sans vous incompa-
                                        [rable...

MARIE, *l'admirant.*

Bien, fort bien ! oh ! voilà votre beau front qui luit,
Aussi, plus que jamais, je vous aime aujourd'hui !
(Elle va prendre un tabouret, et vient se placer
*   presque à ses pieds, avec son ouvrage.)*

PHILIPPE. *(Il s'est assis, et regarde la cloison.)*

Nous avons, ici près, un fort mauvais ménage,
S'il est vrai que l'époux soit ce laid personnage
Que j'ai vu ce matin, des papiers sous le bras,
Descendre lentement, en se parlant tout bas.
Il n'est que le tuteur de ma belle inconnue...
Si j'en juge à sa face obscure et saugrenue,
C'est quelque pauvre sire, aussi léger d'esprit
Que nous le sommes, nous, d'argent et de crédit.
Ces gens-là, fort souvent, en se livrant d'eux-
                                        [mêmes,

Affranchissent l'amour de gênants stratagèmes.

CORNEILLE, *le coude appuyé sur son secrétaire.*

Je ne trouve plus rien! c'est la centième fois
Qu'ainsi le cardinal met ma verve aux abois.

MARIE.

Vous payez, aujourd'hui, votre paresse étrange,
Et d'un trop long oubli votre muse se venge.
Elle va s'apaiser. — Cherchez, cherchez toujours.

CORNEILLE, *il compose.*

« Comme vous il porta la pourpre redoutable... »

PHILIPPE, *sortant de sa réflexion.*

Poussin... Puis-je en tous cas compter sur ton se-
[cours.

POUSSIN, *peignant.*

A cela, tout-à-coup, je ne puis trop répondre.

PHILIPPE.

Une telle réserve a de quoi me confondre.
Voyons, s'il s'agissait d'un amour à servir?

POUSSIN, *se retournant.*

En intrigue, jamais je n'ai pu réussir ;
Très mauvais confident, tout ce que je conseille,
Fait, en malheurs soudains, merveille sur mer-
[veille.

PHILIPPE, *se levant et retournant peindre.*

Si tu ne changes pas d'aussi paisibles goûts,
Tu deviendras, mon cher, un fort commode époux,
Et, d'avance, je plains le sort qui te menace.
—Je me ferais abbé, si j'étais à ta place.

CORNEILLE.

« De qui le saint éclat rend les yeux éblouis.
« Il veilla, comme vous, d'un soin infatigable,
« Et fut, ainsi que vous, le cœur d'un roi Louis. »
(*Pendant ce dernier vers de Corneille, Philippe se
    dirige sur la pointe des pieds du côté de Poussin,
    dans l'intention de le surprendre et de voir son
    tableau.*)

POUSSIN, *se retournant brusquement, et cachant
son tableau.*

Ah! Philippe, c'est mal! car c'est promesse faite
De ne rien laisser voir avant œuvre parfaite.

PHILIPPE. (*Il se met tout-à-coup à se promener
en frappant des pieds sur le parquet.*)

Tu te fâches à tort, crois-moi, demeure en paix;
J'ai les deux pieds glacés, et je les réchauffais.
(*Il retourne à son chevalet, Corneille considère
Marie et joue avec ses cheveux.*)

MARIE, *elle se lève.*

Je vous y prends encor, voulez-vous que je sorte ?

CORNEILLE. (*Il la retient.*)

Non pas......

MARIE.

Cessez alors de jouer de la sorte.
Ah ! vous ne voulez pas faire votre sonnet !
Et ma présence, ainsi, vous nuit et vous distrait !
Attendez ! Je connais une façon certaine
(*Elle ôte son fichu.*)
De répondre, d'un coup, à cette excuse vaine.
Ce bandeau, sur vos yeux....

CORNEILLE. (*Il le baise.*)

Il a touché ton cou.
Je le baise cent fois.

MARIE. (*Elle veut lui bander les yeux, Corneille
lui baise les mains, et s'y oppose.*)

Vous me mettrez à bout !...
(*Elle noue le fichu.*)
D'ailleurs, je ne veux pas vous tenir bouche close,
Vous écouter, ami, m'est trop douce chose !
(*Elle se rassied en avant de Corneille, avec ce qu'il
faut pour écrire.*)
Dictez vite, j'écris.

PHILIPPE, *quittant son chevalet.*

Je n'y puis résister ;
Tant pis! dut, à jamais, Poussin, me détester.

CORNEILLE, *les yeux bandés, il dicte et Marie écrit.*

« Il passa, comme vous, les monts à main armée;
« Il sut, ainsi que vous, convertir en fumée... »

PHILIPPE, *passe doucement derrière Poussin,
transporté.*

Oh! divin ! merveilleux !
(*Poussin se retourne fâché.*)
Oh! laisse, laisse moi !
(*Philippe près du tableau.*)
Elle prie, et ses yeux sont pleins de sainte foi !....
Pardon, Poussin, pardon! J'ai trahi ma parole;
Oh! mais que de ce tort mon bonheur te console !
Les jours que je prévois, benis et fortunés,
Verront, comme à plaisir, tes rêves couronnés.
Type à jamais sacré, cette vierge est sublime,
De pudique douleur ! comme sa face exprime
L'inaltérable amour qu'elle nourrit pour nous !
— Ami, c'est à tomber devant elle, à genoux !

CORNEILLE. (*Il continue de dicter.*)

« Il sut, ainsi que vous, convertir en fumée
« L'orgueil !...

PHILIPPE, *admirant toujours, pousse brusquement
une chaise.*

Quelle éloquence !

CORNEILLE.

Avons-nous une armée
De voisins, maintenant? Un seul ne ferait pas...

PHILIPPE.

Tout est parfait !

CORNEILLE

Tel bruit de siéges et de pas !
(Il dicte vivement.)
« L'orgueil des ennemis et rabattre leurs coups.
« Un seul point, de vous deux, forme la différence ;
« C'est qu'il fut autrefois légat du pape en France ;
« Et la France en voudrait un envoyé de vous. »
Ah ! nous sommes au bout ; te voilà satisfaite ?

PHILIPPE, *se tournant vers Poussin.*

Je voudrais, mais en vain, douter de ma défaite,
— Poussin !
(Il lui tend les bras, Poussin s'y jette.)

CORNEILLE. *Il ôte son bandeau et prend le ma-*
nuscrit.

Donne, je veux revoir un peu ces vers ;
Car de poète, aussi, notre duc prend les airs.

PHILIPPE, *vis-à-vis la Vierge.*

Mais où donc as-tu pris cette beauté divine ?
Serait-ce que d'en haut la grandeur se devine ?
Ou bien as-tu gardé, pour consoler nos yeux,
Peintre envoyé de Dieu, ce souvenir des cieux ?

POUSSIN, *derrière Philippe.*

Oh ! si tu disais vrai !... Mais l'amitié t'abuse...
A l'espoir aussi beau mon ame se refuse.
Et toi... voyons, ami, que ton œuvre ait son tour!

PHILIPPE, *avec chagrin, jetant les regards vers*
son Christ.

Non, ce Christ, à présent, ne verra pas le jour.
Sans regret... j'y renonce. Allons! qu'il disparaisse,
(Il se précipite vers son Christ, en passant devant
Poussin ; celui-ci le retient.)

POUSSIN.

Et pourquoi? D'où vient donc le dépit qui te presse?
Philippe... laisse-moi !

PHILIPPE.

Soit... ne me flatte point·
Rien que la vérité, surtout j'en ai besoin.

POUSSIN. (*Philippe laisse passer Poussin, qui*
reste émerveillé.)

Oh! chasse loin de toi la crainte qui t'assiége !
Et tu voulais porter une main sacrilége
Sur cette noble image, auguste et chaud rayon,
Échappée, en jouant, de ton pinceau fécond !
Quel démon t'inspirait, ami, cette folie ?
Béni soit le destin qui, désormais, nous lie !

PHILIPPE, *regardant son tableau.*

Ainsi, tu trouves beau ce Christ inachevé !

POUSSIN.

Beau !... Mais je n'ai jamais durant mes nuits rêvé
Rien d'égal. A côté, cette Vierge est commune.
Femme dont la douleur, sans toucher, importune,
Sèche et froide, elle manque et d'amour et de foi;
Ce n'est pas de ton Christ....

PHILIPPE, *l'arrêtant.*

Tu blasphèmes ! tais-toi !
Combien de fois, Poussin, ta Vierge est préférable !

POUSSIN.

Les yeux sont mal posés, la bouche est détestable.

PHILIPPE, *en scène.*

Pour soutenir, sans fin, cet orgueilleux propos,
Faut-il, à ton chef-d'œuvre, inventer des défauts ?
Finissons sans tarder cette vaine dispute.
A peine je comprends, entre nous, cette lutte;
Tu m'as dit que mon Christ était beau, je te crois;
J'affirme que ta Vierge est parfaite, et tu dois
A cet arrêt sincère humblement te soumettre.
Quels jours délicieux cela doit nous promettre !
Comme je veux jouir des biens que je poursuis !
Comme je briserai le repos où je suis !
La liberté ! de l'air ! les honneurs ! la richesse !
Comme un prince, je veux faire au peuple largesse,
Habiter un palais, avoir aussi ma cour,
Danser toutes les nuits, peindre et dormir le jour !
(Il fait beaucoup de bruit.)

CORNEILLE.

C'est à n'y plus tenir. En vain je m'évertue
A rendre un peu d'ardeur à ma muse vaincue ...

MARIE.

Sans doute nous avons quelque nouveau voisin,
Car jamais on n'a fait tel bruit que ce matin.

POUSSIN.

Alors, comme aujourd'hui, nous suivons même voie
Et nous partagerons, sans compter, toute joie.

PHILIPPE.

Tu l'as dit... et je vois, d'ici, notre maison,
Un noir et vieil hôtel, scellé d'un vieux blason.

POUSSIN.

Un hôtel ! un blason ! d'où vient cette folie ?...
Point de luxe inutile, ami, je t'en supplie.

PHILIPPE, *sagement et lentement.*

Soit, je te laisse maître et te cède ce point.
Sans l'autre, nul n'ira, que ce soit, près ou loin.
(Pompeusement)
En Flandre, pour l'été, dans quelque riche plaine,
Nous nous ferons bâtir une villa romaine.

POUSSIN.

Non, mais en Normandie , aux pentes d'un coteau,
Et regardant la Seine , un modeste château.

CORNEILLE. (*Il écoute.*)

On se calme , ou plutôt au bruit je m'accoutume.

PHILIPPE.

Nous porterons toujours même et riche costume.

POUSSIN.

Même, je le promets ; mais riche, pourquoi donc ?
C'est faire à notre gloire un inutile affront.
Tout relief d'emprunt, pour moi, je le méprise
Et seule , à nous parer , je veux qu'elle suffise.

MARIE. (*Elle a continué d'écouter.*)

Non, vraiment, on nous laisse en repos, Dieu merci !

PHILIPPE.

Nous aurons bonne table et du moins , en ceci ,
Ton goût, avec le mien , sans réserve s'accorde.

MARIE, *à Corneille.*

Eh bien ! achevez-vous ?

POUSSIN, *à Philippe.*

Écoute-moi... J'aborde...

CORNEILLE , *à Marie.*

Cinq ou six mots encor...

POUSSIN , *à Philippe*

Sujet fort délicat.
Nul de nous ne se sent fait pour le célibat...

PHILIPPE.

Non, par les descendants de nos saints patriarches.

POUSSIN.

Nous nous concerterons , en nos moindres démar-
                                           [ches ,
Quand nous viendra, poussés par la commune loi,
Penser de prendre femme. A cela je prévoi
De nombreux embarras. Le hasard peut tout faire,
Et projeter ainsi, je le sais , c'est chimère ;
Mais je ne veux en rien marcher au dépourvu ;
On a chance de fuir un accident prévu.
Donc , je voudrais nous voir, à tous les deux , mon
Fraîche , rose, gentille, alerte, ménagère ; [frère,
De blonds enfants joyeux un bourdonnant essaim;
Dans une humble retraite, au soleil du matin,
Abondance des biens qui nous font l'habitude
Des jours laborieux , vides d'inquiétude ;
Et, pour comble à cela , deux ou trois bons amis,
Aux secrets du foyer, souvent , le soir , admis,
Pour causer du passé , d'art et de poésie;
Biens dont le cœur vieilli jamais ne se rassasie
Et qu'les bruits qu'on fait aux sources du plaisir,
Dans l'âge des projets , empêchent de cueillir.

PHILIPPE.

Bravo ! bravo ! voilà riche et chaude peinture
Des trésors infinis de la sage nature !
Nul amoureux berger, sur ses pipeaux des champs ,
N'a chanté son bonheur en de plus doux accents.
Et tu crois que j'aurai , tout pendant dix années ,
A l'ombre qui me glace , effeuillé mes journées,
Pour qu'à l'heure où viendra tomber un seul rayon
Sur le germe d'espoir qui s'ouvre dans mon front,
Je ne me hâte pas de déployer mes ailes !!!..
— Insecte émerveillé de mes formes nouvelles,
Alors , je me promets de donner aux amours,
Sans jamais les compter , mes rêves et mes jours.
Je l'ai dit : nous aurons , pour champêtre demeure,
Vieil hôtel ou palais , la table la meilleure
A laquelle jamais parasite ait dîné,
Chiens, chevaux et laquais. Oui, Monsieur, je suis né
Pour jouir de ma vie ainsi brillante et pleine !!!
Je ne veux plus porter un seul pourpoint de laine ;
De la soie ou de l'or ! sous mes pieds des tapis;
En tous lieux , les trésors d'un splendide logis ;
Superbe ameublement , magnifiques peintures ;
Riches riens de caprice et savantes sculptures !
Fi des amours bourgeois pour d'aussi nobles
                                           [cœurs!!!
Mais les femmes, alors, brigueront nos faveurs,
Et nous pourrons changer tous les soirs de maî-
                                           [tresse !!!
Entre toutes, je veux au moins une princesse !!

POUSSIN.

Allons , tu deviens fou...

PHILIPPE, *montrant la Vierge*

Je deviens fou ! non , non !
Ce brillant avenir , ton tableau m'en répond ,
Et je me sens au cœur si puissante espérance ;
Je crois si pleinement que notre heure s'avance,
Que je voudrais briser la table que voici ,
Les chaises, ce buffet , et ne laisser ici
Rien de ces jours mauvais d'épreuve et d'infortune.
(*Il renverse les meubles et jette les chaises contre
la cloison.*)

CORNEILLE ; *il se lève, Marie aussi.*

Encore ! ce vacarme , enfin , trop m'importune,
J'en connaîtrai la cause, et je vais , de ce pas ,
En demander raison !

MARIE.

Soit, mais ne tardez pas.
(*Elle sort et passe dans la pièce du fond.*)

CORNEILLE.

Tu peux, durant ce temps, faire un peu de toilette.

POUSSIN.

Ah ! vraiment, pour le coup, ta folie est complète !
(*Il arrête Philippe au moment où ce dernier va pour
jeter une bouteille.*)

Quelle rage a donc pris et tes pieds et tes mains ?
Au moins, laisse venir tes fortunés destins,
Avant de rien briser !

PHILIPPE, *remet tout en ordre et essuie.*

Cette remarque est sage,
Et j'agis en ingrat. Si cet humble ménage
Qui nous suffit, au fond, un seul jour nous man-
      (*On frappe.*)   [quait....
Qui frappe donc chez nous d'un air aussi discret ?
Entrez...

         (*Il continue à essuyer.*)

SCÈNE IV.

PHILIPPE, CORNEILLE (sur la porte), **POUSSIN.**

PHILIPPE, *reconnaissant son voisin.*

Notre voisin ! Seigneur, la bonne aubaine,
(*Il quitte sa serviette.*)
De lier connaissance il se donne la peine !!

CORNEILLE.

D'entrer ainsi chez vous, pardon, Messieurs, pardon.
Mais je veux seulement...

PHILIPPE, *à part.*

Tantôt j'avais raison :
Ces gens-là, fort souvent, en se livrant d'eux-
          [mêmes,
Affranchissent l'amour de gênants stratagèmes.

POUSSIN.

Des excuses !.. Pourquoi ? Ce nous est trop d'hon-
          [neur
Que vous voir en ces lieux, oh ! parlez de tout cœur !
Monsieur, veuillez entrer ?.. Philippe, offre une
          [chaise...

(*Corneille refuse.*)

PHILIPPE, *une chaise à la main.*

Mais on est, pour causer, debout fort mal à l'aise.

CORNEILLE, *entrant peu à peu.*

Peu de chose, chez vous, m'amène en vérité ;
Je suis votre voisin, et j'habite à côté ;
J'achève, en ce moment, un travail difficile,
Mais le bruit de vos pas rend ma plume stérile ;
Je n'y puis résister ; et vous m'obligerez
Messieurs, en y songeant. — Je vous tiens assurés
Que je me souviendrai de votre bon office.

POUSSIN, *le saluant.*

Nous sommes en défaut, et c'est avec justice
Que vous nous rappelez, Monsieur, notre devoir ;
Mais un peu de bonheur, mais un rayon d'espoir
Nous avait, un moment, bouleversé la tête !

C'est que chez nous, hélas ! il n'est pas souvent fête.
Désormais, vous pourrez travailler en repos ;
Nous-mêmes nous allons reprendre nos pinceaux.

CORNEILLE.

Vous peignez ?....

PHILIPPE, *souriant..*

Quelquefois...

        (*à part.*)

Avec telle figure,
Est-ce donc qu'il voudrait déraisonner peinture ?

CORNEILLE, *surpris.*

Ce beau Christ est... ?

PHILIPPE.

De moi...

CORNEILLE, *se retournant et apercevant la Vierge,*
à Poussin.

Cette Vierge de vous ?
De l'autre nul des deux n'a droit d'être jaloux...
Et quel est votre nom ?

PHILIPPE, *à part.*

Mais pourquoi cette enquête.
Et d'où vient qu'à son gré sottement je m'y prête.

POUSSIN.

Philippe de Champagne et Nicolas Poussin.

CORNEILLE, *tendant une main à chacun d'eux.*

Philippe... Nicolas... Je vous offre la main...

PHILIPPE, *lui donnant la main et à part.*

Sa main, Dieu ! quel trésor ! D'où lui vient donc
Qu'il s'arroge sur nous ?   [l'empire

CORNEILLE.

Tous deux je vous admire !
Vous êtes protégés et bénis du Seigneur.
Le hazard qui m'amène est, pour moi, du bonheur.
Je vous veux pour amis ..

POUSSIN, *surpris.*

Mais... rien ne justifie,
Pour nous, cet intérêt.

CORNEILLE. (*Mouvements d'impatience de*
Philippe.)

Qu'importe ? — je me fie
Aux destins glorieux qui vous sont réservés.
Vers les jours qu'à votre âge on a souvent rêvés,
Quelque chose me dit de vous ouvrir la voie,
Et déjà je m'en fais une secrète joie.
Vous semblez hésiter....

POUSSIN.

Mais... c'est qu'en vérité,
Ecrasés sous le poids de notre obscurité,
Nous ne nous connaissons aucun droit légitime
D'être tenus, par vous, en aussi haute estime.

CORNEILLE.

Aucun droit ! n'est-ce pas assez de ces tableaux ?
La gloire vous attend à de plus grands travaux.

PHILIPPE, *avec intention.*

Vous savez notre nom, nous ignorons le vôtre ?

CORNEILLE.

Pierre... Dans ce moment, je n'en porte pas d'autre.
Pour m'aimer quelque peu, celui-là vous suffit ;
Comme de votre bien, usez de mon crédit.

PHILIPPE, *à part.*

Quel air de grand seigneur, quel généreux langage,
Pour un homme qui loge au quatrième étage !
C'est un prince exilé.

POUSSIN.

Monsieur, je suis confus.

PHILIPPE, *se moquant.*

A si haute faveur nous ne résistons plus.

CORNEILLE. (*Ici Marie paraît.*)

Allons, vous acceptez ? je vous en remercie ;
C'est, pour un inconnu, faveur que j'apprécie.
Maintenant, pour agir, j'ai toute liberté ?

PHILIPPE.

Mais a-t-on vu jamais originalité
De pareil acabit !
(*Marie range un peu la chambre et apporte une pelisse.*)

CORNEILLE, *sur le carré.*

Permettez que j'appelle,
A sa part du plaisir dont mon cœur étincelle,
Quelqu'un à qui je veux et dois vous présenter.
Marie !.. un seul instant, pourrais-tu pas quitter ?

MARIE, *sur le carré.*

Quitter, pour... ?

CORNEILLE.

Me rejoindre.

MARIE.

Ah ! j'obéis sur l'heure ;
Est-ce donc qu'un ami si près de nous demeure ?

POUSSIN, *à Philippe, bas*.*

Philippe ?

POUSSIN, *bas.*

Nicolas ?

POUSSIN.

Que dis-tu du hasard ?

_____

* Philippe, Poussin, Corneille.

PHILIPPE.

Tu ne soupçonnes rien ?

POUSSIN.

Rien,

PHILIPPE.

Vrai ?

POUSSIN.

Rien.

PHILIPPE, *avec mystère.*

Pour ma part,
Je ne sais où chercher le mot de ce mystère,
Qui diable interroger ? Qui ne se nomme Pierre ?

POUSSIN.

Sans plus m'inquiéter, moi, je ferme les yeux.
Pour que tout vienne à point, laissons-nous faire
(*Il remonte.*)   [heureux.

PHILIPPE, *sur le devant de la scène.*

Oh ! je saurai bientôt ce que nous devons croire
De ce discret ami, tant prodigue de gloire.
Puisqu'une femme vient à cela se mêler,
J'arriverai, sans doute, à la faire parler.

✥✥✥✥✥✥✥✥✥✥✥✥✥✥✥✥✥✥✥✥✥✥✥✥✥

SCÈNE V.

PHILIPPE, POUSSIN, CORNEILLE, MARIE.

PHILIPPE, *saluant et à part.*

Je n'ai que trop bien vu, la voisine est charmante,
Parfaite est sa beauté, sa grâce est ravissante !

CORNEILLE. (*Il prend Marie par la main.*

Marie, en ce réduit où j'arrivais grondeur,
Le ciel, que je bénis d'aussi grande faveur,
M'a donné pour amis, deux peintres de génie.

PHILIPPE, *à part.*

C'est qu'à nous bien traiter le rustre s'ingénie !...

POUSSIN, *saluant.*

Je reste confondu d'une telle bonté.

CORNEILLE, *à Marie qu'il place en face du Christ.*

Confondu ! — Pourquoi donc ?.. Est-ce la vérité ?

MARIE.

Ah ! mais vous n'accordez que sévère justice.

PHILIPPE, *à part, avec ravissement.*

Vous !.. Je renais ! je vis ! ce mot m'est un délice ;
(*Corneille place devant Marie la Vierge*).
Elle n'est pas sa femme !...

MARIE*.

Et ce serait faillir,

_____

* Marie, Corneille, Philippe, Poussin.

Que de ne pas aider tels destins à s'ouvrir.
La Vierge vaut le Christ ; ce sont œuvres de maître.
Pour être grands, Messieurs, vous n'aurez qu'à
[paraître.

POUSSIN. (*Philippe un peu dans le fond.*)
La pauvreté, Madame, a de si rudes lois...
Enfin, puisse le ciel entendre votre voix !..

PHILIPPE, *descendant.*
Vous êtes plus encore indulgente que belle,
Pour tant d'heur et d'espoir, merci, Mademoiselle !

MARIE, *faisant une légère révérance.*
Dame, et votre servante...

PHILIPPE, *se retournant à Poussin, celui-ci lui fait
signe de se taire et passe devant lui*.
Je sais donc, maintenant,
Sur cet ange enchanteur les droits de ce pédant.

CORNEILLE.
Je dois voir aujourd'hui Duchêne, un mien compère ;
De notre cardinal c'est le peintre ordinaire ;

POUSSIN.
Nous pourrions espérer..?

CORNEILLE.
Tous deux, soyez en paix,
Il vous accueillera fort bien, je le connais...
Et vous serez pour lui trésors inestimables.
Mais, j'y songe, voyons : dans tous les cas sem-
[blables,
Par le plus droit chemin il faut marcher au but.
Du Cinna de Corneille, aujourd'hui le début...
A la cour il n'a pas de pressante besogne...
Oui... Vous le trouverez à l'hôtel de Bourgogne.
Allez-y de ce pas, avec un mot pour lui,
Vous aurez, par appoint, un heureux désennui.

POUSSIN, *timidement.*
Nous n'osons refuser, mais c'est que...

PHILIPPE, *franchement.*
C'est qu'en somme,
Tirer de notre bourse une aussi forte somme,
Presque pour un plaisir, serait folie à nous.

CORNEILLE.
J'aurais dû, tout d'abord, y songer comme vous,
Mais comme, sans argent, je puis vous faire place,
Parmi nos grands seigneurs de vieille et noble race,
Vous n'avez plus d'excuse.

POUSSIN.
Aussi, nous l'acceptons.

CORNEILLE.
Préparez-vous de suite, alors, et soyez prompts ;

* Marie, Corneille, Poussin, Philippe.

Mais, d'abord, donnez-moi ce qu'il faut pour écrire.
(*Poussin le lui donne et le fait asseoir.*)
— Oh ! l'horrible instrument. — Pourvu qu'on
Mettez votre manteau. —   [puisse lire.

POUSSIN, *il court prendre un manteau.*
C'est fait, je vous attends...

PHILIPPE, *qui aussi a été prendre un nouvel habit.*
J'en crève de dépit ! Seigneur, quel contre-temps !

CORNEILLE, *sans se lever.*
Qu'est-ce donc, qu'avez-vous ?

PHILIPPE, *montrant son vêtement.*
J'ai, qu'un trop long usage
A fait à ce pourpoint le plus affreux outrage,
Et qu'un immense accroc me décore le bras !

MARIE, *après avoir du regard consulté Corneille.*
Ah ! ce n'est que cela ; venez, suivez mes pas.
(*Elle sort.*)

PHILIPPE, *transporté, mettant son pourpoint,
s'embarasse dans le trou et sort sans avoir pu
s'habiller tout-à-fait.*

Moi... chez elle ! O Poussin, la fortune commence !
Autant qu'il se pourra, prolonge votre absence.
Je vais mettre à profit cet accident heureux
Qui, si fort à propos, vient servir à mes feux.

✦✦✦✦✦✦✦✦✦✦✦✦✦✦✦✦✦✦✦✦✦✦✦✦✦✦✦✦✦✦✦✦

SCÈNE VI.

MARIE, PHILIPPE, CORNEILLE, POUSSIN.

CORNEILLE, *assis, achève d'écrire.*
De suite, avec ce Christ, emportez votre toile ;
Laissez-les toutes deux recouvertes du voile.
(*Poussin couvre les tableaux.*)

PHILIPPE, *sur la porte.*
Oh ! oh ! mais notre ami n'est pas des mieux meublés ;
Sous cet aspect bourgeois ses trésors sont voilés ;
Son logis et le nôtre ont un peu même mine.
Notre homme est...

MARIE, *enfilant son aiguille près de la croisée.*
Patience...

PHILIPPE.
Un peu fou j'imagine,
(*Il examine la pièce du fond.*)
Est ce tout ? Un salon, voyons donc... Ah c'est
[mieux !...
Mais qu'importe ce luxe, on est voisin des cieux,
Ici comme chez nous, et rien ne justifie
Ces grands airs dont je ris et dont je me défie.
(*Il est allé au bureau et cherche à lire.*)

Oh ! j'y suis maintenant, c'est un piètre rimeur !
On ne s'enrichit guère à son métier d'auteur.
Un sonnet ! Et pour qui?... En tirant cette page...
C'est pour le cardinal ! C'est mauvais , je le gage.

MARIE , *descendant en scène.*

Veuillez vous approcher ; j'y vais mettre du soin.
(*Philippe se retire vivement.*)
Tenez vous bien ainsi, ne vous dérangez point.
(*Elle place le bras de Philippe dans une position incommode.*)

POUSSIN.

Je tremble que Philippe , en sa fièvre amoureuse,
Nous mette sur les bras quelque histoire fâcheuse.

CORNEILLE , *se retournant à Poussin.*

Votre ami me paraît un joyeux compagnon,
Mais je lui crois bien plus de cœur que de raison.

PHILIPPE. (*Corneille écrit.*)

Vous avez refermé , Madame, à ma présence,
Votre porte , tantôt , presque avec violence.

MARIE.

C'est que ce n'est pas vous, Monsieur, que j'atten-
[dais.

PHILIPPE.

J'avais cru tout d'abord que je vous connaissais...
Et que vous vouliez fuir...

MARIE.

Eh bien ! c'était méprise ;
J'étais , plutôt, alors , colère que surprise.

CORNEILLE, *donnant un papier à Poussin.*

Cela, c'est pour Duchesne, à l'autre maintenant.

PHILIPPE, *laisse tomber son bras , l'aiguille se désenfile.*

Oh! Dieu, la joli main ,

MARIE. (*Mouvement.*)

Ah vous êtes galant.
(*Elle lui fait voir que l'aiguille est désenfilée par sa faute , il remet son bras dans la position première, elle enfile ainsi l'aiguille, en riant de la lattitude de Philippe.*)

CORNEILLE.

Philippe , si j'en crois sa mine réjouie,
Doit aller, en amour, jusqu'à l'effronterie.

PHILIPPE.

On répond..... doux espoir ! — Oh ! madame...
[jamais
Je n'ai vu doigts charmants, si roses et si frais.
Que n'osai-je en l'amour dont leur grâce me touche,
Plein d'un respect profond, les porter à ma bouche !

MARIE.

Quoi ! si vite...

PHILIPPE. (*Il remue, elle suit ses mouvements et coud toujours.*)

Pardon, si j'ai pu vous blesser.
Ce qui , dans mes discours, a dû vous offenser,
M'est à regret amer, et je le désavoue.
(*Elle le pique.*)
Je suis... oh ! aie !.. piqué ! — La passion se joue
Souvent de notre esprit.

MARIE, *s'excusant.*

Ah ! vous m'avez distrait !

PHILIPPE.

Vers le beau je me sens un invincible attrait ;
Le peintre est seul coupable....

MARIE.

Oh ! Monsieur, je l'excuse...
Aussi simple faveur jamais ne se refuse,
J'ai trop peine à vous voir ainsi l'esprit aux
Tenez.   [champs ;

PHILIPPE, *transporté , baise la main que Marie lui tend.*

Il se pourrait !...

CORNEILLE , *se levant et donnant le dernier papier à Poussin.*

Ah sortons... il est temps ,
Prenez ces deux tableaux , pardon, je vous précède.
(*Il sort , Poussin emporte les tableaux et le suit.*)

MARIE.

C'est fini. —
(*Philippe tend son bras engourdi.*)
Doucement ! — Déjà l'étoffe cède ,
Et si vous n'y veillez, à votre moindre effort ,
Votre pourpoint usé va déchirer encor.

PHILIPPE.

Je vous suis obligé de tant de complaisance.
(*A part.*)
On s'est moqué de moi. —

CORNEILLE, *paraît, puis Poussin.*

Vous êtes prêt, je pense ?

MARIE, *allant à Corneille *.*

Oui.

CORNEILLE.

Sans retard , alors , partez, partez tous deux ;
En vous pressant un peu, vous vous placerez mieux ;
Aujourd'hui nous aurons une imposante foule.
Surtout, n'attendez pas que tout le flot s'écoule,
Vous ne pourriez entrer....

PHILIPPE.

Telle solemnité.

* Philippe, Marie, Corneille, Poussin

Ne vous inspire point de curiosité !
Vous restez ?

CORNFILLE.

     A regret; mais j'ai là, qui m° presse,
Un travail important. Que Duchesne s'empresse...
Dites que je l'attends, en lui donnant ce mot.

PHILIPPE, *à part.*

Je crois tenir enfin sa cuirasse au défaut,
Ce petit rimailleur est jaloux de Corneille ;
L'âne vient de montrer un bout de son oreille.
Oh ! je saurai le reste avant d'être à demain.
       (*Il passe auprès de Poussin.*)

CORNEILLE.

Vous reviendrez ici par le plus court chemin.
Au revoir.

PHILIPPE.

A bientôt.

POUSSIN.

     Monsieur, je vous salue.

CORNEILLE, *à la croisée.*

Partez, déjà la foule embarrasse la rue.

❖❖❖❖❖❖❖❖❖❖❖❖❖❖❖❖❖❖❖❖❖❖❖❖❖❖

SCÈNE VII.

CORNEILLE, MARIE

MARIE.

Mais au théâtre, ami, ne vont-ils pas vous voir ?
Leur cacher votre nom me paraît vain espoir ;
Il ne faut pas compter que le public se taise,
Et votre aspect pourra les mettre mal à l'aise.

CORNEILLE.

Je reste près de toi... Nous ne sortirons pas.

MARIE.

Comment ! quand les bravos vous attendent là-bas,
Vous restez ?

CORNEILLE.

     Oui, j'ai peur ; en ses dures justices,
Le parterre, souvent, a d'étranges caprices,
Et puis, je souffre trop, quand la première fois
Mon œuvre se produit. — Haletant et sans voix
Je suis, l'œil inquiet, l'acteur qui s'intimide,
Devant le tribunal, où mon sort se décide.
Chaque vers qu'il déclame, empreint de sa frayeur,
En rires, en sifflets, se traduit dans mon cœur.
J'enchaîne mes regards aux traits de son visage ;
S'il dit bien, j'applaudis, s'il faiblit, j'encourage.
Je crains qu'en vains éclats il n'use mes discours,
Ou que, plein de froideur, il se traîne à pas lourds.
Je cherche à deviner s'il comprend ma pensée,

Et si mon ame, enfin, en la sienne est passée.
Je tremble qu'il n'oublie et change un mot heureux,
Ou ne sache éviter un son défectueux.
La démarche, le port, la voix, les bras, **la face**,
La prière, l'amour, la plainte, la menace,
Tout de mille terreurs à la fois m'assaillit.
Au moindre bruit, en moi l'espérance faiblit.
La porte qui, sans cesse, et s'ouvre et se referme,
D'un fâcheux déplaisir me semble être le germe.
Et, durant ces frayeurs, j'ai si peu de repos,
Qu'à peine je jouis, si viennent les bravos.
Crois-moi, n'en parlons plus, et causons d'autre
J'aime à n'y pas songer...   [chose.

MARIE.

     Vous voulez que je cause,
Mais de quoi, si ce n'est de votre œuvre ou de vous,
Ai-je à m'entretenir. — Et quels pensers plus doux
Peuvent donc, aujourd'hui, s'emparer de mon ame ?
C'est vous troubler à tort ; que voulez-vous qu'on
       [blâme?
Laissez, laissez rentrer la paix en votre esprit ;
Cinna réussira. — Ne l'ai-je point prédit ?
Refuser en tel jour de paraître au théâtre,
C'est répondre en ingrat à la foule idolâtre.

CORNEILLE.

N'importe, je ne puis et n'y veux point aller.

MARIE.

Avec vous, je veux bien encore capituler ;
Gardons l'incognito. — Dans une loge sombre,
Cachés à tous les yeux, nous nous tiendrons dans
Nul ne vous y verra...   [l'ombre.

CORNEILLE.

     Pourquoi tant insister?
Marie, auprès de moi voudrais-tu pas rester,
Quand, l'ame disposée aux douces rêveries,
Nous pouvons, tous les deux, en lentes causeries,
Si mollement, à rien, dépenser notre temps ?

MARIE. (*Elle va prendre sa pelisse.*)

Non pas, des jours perdus, Monsieur, je me repens.
Votre bras.

CORNEILLE. (*Il le lui donne mollement.*)

     Mais enfin.

MARIE.

     Votre bras, point d'excuse,
Trève de vos raisons, toutes je les refuse.
Vite, venez, venez.

       (*Elle l'entraîne.*)

CORNEILLE, *vers la porte.*

     Oh ! démon, tu le veux ;
Allons, qu'il en soit fait au gré de tes beaux yeux.

FIN DU PREMIER ACTE.

DEUXIÈME ACTE.

Un salon modestement meublé; les deux portraits du premier acte.

SCÈNE I.

CORNEILLE, MARIE, *quittant sa pelisse.*

CORNEILLE.

Ne nous a-t-on pas vus, Marie, en es-tu sûre ?
Dans l'ombre, ai-je toujours bien caché ma figure ?

MARIE.

Bien, mon ami, fort bien ! et d'ailleurs, croyez-vous
Qu'un seul regard oisif ait pu tomber sur nous,
Lorsque la foule, émue et respirant à peine,
Aux beautés dont votre œuvre est rayonnante et
[pleine,
De la voix et des mains ne cessait d'applaudir,
Et, lasse de crier, trépignait de plaisir.

CORNEILLE.

C'est vrai... Je ne sais pas si jamais autre ouvrage
Eut un succès pareil. — Tiens, cela m'encourage,
Bientôt, lorsque j'aurai fait un dernier effort,
Polyeucte viendra, qui vaudra mieux encor.

MARIE.

Oh bonheur ! vous allez et dès demain, sans doute,
Reprendre vos travaux. Que le ciel vous écoute,
Et vous garde long-temps en aussi bon esprit !
— Je ne manquerai pas d'en faire mon profit.

CORNEILLE.

Mais, c'est une menace à ma douce paresse...

MARIE.

Que je me promets bien de harceler sans cesse.
De ce nouveau trésor, le peu que je connais
Est, à mon cœur joyeux, le gage d'un succès.
Pas un mot, pas un vers, dont la grandeur n'étonne;
Vous n'aurez jamais ceint d'aussi noble couronne.
Quel éclat jettera ce chef-d'œuvre ébauché,
Alors qu'à votre gré vous l'aurez retouché ;
Puisqu'en le parcourant, j'ai senti, dans mon ame,
De votre saint martyr passer la sainte flamme,
Et, dans ma vive ardeur, naître, en moi, le regret
D'être si loin des temps où le glaive frappait
Ceux qu'aux pieds de Jésus guidait la foi nouvelle,
Malgré les châtiments assurés à leur zèle ;
Pour pouvoir aux bourreaux chargés de me punir
Prêcher la loi du Christ, à mon tour, et mourir ! !

CORNEILLE.

Voilà, dans ces transports, ton bon sens qui s'en
[vole.
Pourquoi ces rêves creux, tête orgueilleuse et folle?

MARIE.

Orgueilleuse ! c'est vrai, plus encor qu'on ne croit,
Et j'en fais vanité. — N'ai-je donc pas le droit
De porter haut mon front, fier de votre génie ?
Folle ! oh ! n'espérez pas que jamais je le nie.
(*Elle lui prend les deux mains et le regarde avec
passion.*)
Oui, je suis, j'en conviens, ami, folle de vous,
A souhaiter, parfois, d'embrasser vos genoux !

CORNEILLE, *la saisissant dans ses bras.*

Embrasser mes genoux, quel étrange langage !
Trève, je t'en supplie, à tel enfantillage ;...
Envers moi, ce sont là discours hors de saison,
Pareil enthousiasme est de la déraison.

MARIE, *avec énergie.*

Ai-je tort de penser ce que pensent tant d'autres ?
Est-il donc un succès que n'effacent les vôtres ?
Dans les gloires du jour, quel est votre second ?
Quel nom ne pâlit point, auprès de votre nom?
Vous portez noblement un sacré diadème,
Et, rubis à rubis, vous l'avez fait vous-même !..
Mon poète, songez à ce que je vous dois,
Mes souhaits ont été dépassés mille fois ;
De joie et de bonheur, par vous, ma vie est pleine ;
Je n'étais que comtesse, et vous m'avez fait reine !

CORNEILLE. (*Il l'embrasse.*)

Allons, puisqu'il le faut, je te cède, aussi bien,
A te contrarier je ne gagnerais rien. —
As-tu vu l'œil en feu, Philippe, tout oreille,
Au moindre mot heureux, crier tout haut mer-
[veille ?

MARIE, *souriant.*

Oui, je l'ai reconnu. — Pierre, êtes-vous jaloux?

CORNEILLE.

Jaloux ! Il est, sans moi, bien assez de ces fous.
Le pourrais-je, d'ailleurs, toi si bonne et si pure !
Ce serait, à ton cœur, lâchement faire injure.

MARIE.

Cependant si, déjà, vous en aviez sujet,
Si j'avais entendu maint propos indiscrets.

CORNEILLE.

Tu plaisantes !

MARIE.

Non pas.

CORNEILLE.

Je te ferais maitresse.

De punir, à ton gré, ce fat de sotte espèce.

MARIE.

C'est bien. — J'en userai s'il y revient encor.

CORNEILLE.

Et c'est?

MARIE.

Mais, votre ami.

CORNEILLE.

Philippe! oh! c'est trop fort!
Depuis quand?

MARIE.

D'aujourd'hui.

CORNEILLE.

T'avait-il déjà vue?

MARIE.

Ce matin, sur la porte, où j'étais accourue,
Croyant que c'était vous que j'entendais monter.

CORNEILLE.

Et quels propos galants a-t-il pu te conter?

MARIE.

Ah! vous m'interrogez. Rien qu'on ne puisse en-
[tendre;
Je doute cependant qu'il s'y laisse reprendre.

CORNEILLE.

Le tour est, conviens-en, de fort mauvais aloi.
Donc il faisait la cour à ma femme, chez moi,
Tandis que je songeais, là haut, à sa fortune.
C'est là, maître Philippe, audace peu commune;
Mais vous me le paîrez. — J'aurai plaisir à voir
Quand il nous connaîtra, sa figure, ce soir.

MARIE.

Pour eux, qu'espérez-vous obtenir de Duchesne?

CORNEILLE.

Tout ce que je voudrai, je sais comme on le mène :
Peintre sans talent vrai, Duchesne est vaniteux;
Pour prouver sa puissance, il se fait généreux;
Plus vous lui demandez, et moins il vous refuse;
Il m'a cent fois offert son crédit... Et j'en use
Pour la première fois.,
(Il remonte vers le fond.)

J'entends monter! C'est lui,
(Il descend.)
Tu sais que j'ai gardé la maison aujourd'hui.
Ne vas pas nous trahir.

+++

SCÈNE II.

MARIE, CORNEILLE, DUCHESNE.

CORNEILLE, *il va au devant de Duchesne.*

Ah! vous voilà, Duchesne.

Et bien, quoi de nouveau?

DUCHESNE.

De nouveau! salle pleine,
Bravos à tout briser, trépignements, transports!
Le Cid est oublié; vos plus heureux efforts
N'effaceront jamais une pareille gloire;
D'un semblable triomphe aucun n'a la mémoire.

MARIE.

Je vous avais bien dit, moi, Pierre, d'espérer;
Eh! qui pourrait, mon Dieu, ne pas vous admirer.

CORNEILLE.

Je vois que le Seigneur a béni ma journée;
Mais, afin qu'elle soit dignement couronnée,
Je vous demande, ami, l'octroi d'une faveur.
J'ai disposé, pour vous, de deux hommes de cœur,
Jeunes, et déjà faits à l'art de la peinture.
Ce que j'avais vu d'eux était de tel augure,
Que ç'eût été manquer au plus sacré devoir
De ne les aider pas en leur fécond espoir.
(Il découvre les tableaux.)
Tenez, de mon trésor jugez plutôt vous-même.
Dites, n'est-ce pas peint avec aisance extrême?

DUCHESNE.

Oui, s'ils ont, au travail, un goût persévérant,
Plus tard, je le dois croire, ils auront du talent.

MARIE. *(Ils redescendent en scène.)*

Plus tard!....

CORNEILLE.

Il suffit, je les juge en poète,
Vous en peintre, et rien moins que cela m'inquiète.
Sur les arts, au palais, vous commandez en roi,
Accueillez mes amis, par amitié pour moi,
Vous les protègerez, et vous pouvez, d'avance,
Compter, à tout jamais, sur ma reconnaissance.

DUCHESNE.

Peut-on faire, aujourd'hui, refus de vous servir?
Corneille, il en sera, sous votre bon plaisir;
Puisque vous les aimez, ils seront mes élèves.

CORNEILLE.

Vos élèves! Pour eux j'ai fait de plus beaux rêves,
Je veux mieux que cela.

DUCHESNE.

Vous voulez mieux encor?

CORNEILLE.

Oui.

DUCHESNE.

Selon vos projets, alors, fixez leur sort.

CORNEILLE.

Vous consentez à tout?

DUCHESNE.

A tout, je vous l'assure.

MARIE.

Nous ne vous ferons pas de demande trop dure.

DUCHESNE.

Parlez , parlez.

CORNEILLE.

Alors , je serai généreux ,
Vous me l'avez permis. — Je désire, pour eux,
Cela sans rien rabattre., et le gîte et la table ;
De quoi tenir, en cour, un état couvenable ;
Enfin , au Luxembourg , un travail important ,
Pour exercer leur verve, et prouver leur talent.

DUCHESNE.

C'est beaucoup , et je dois...

CORNEILLE.

Ah ! j'ai votre promesse.

MARIE.

Vous ne troublerez pas , pour si peu , sa liesse.

DUCHESNE

Soyez donc satisfaits.

CORNEILLE.

Merci , j'entends leurs pas ;
Ils ignorent mon nom , ne me trahissez pas.

.+-+

SCÈNE III.

**DUCHESNE , MARIE , CORNEILLE , POUSSIN ,
PHILIPPE.**

CORNEILLE.

Allons donc , arrivez , vous vous faites attendre.

POUSSIN.

C'est que nous n'avons pu, nous aussi, nous dé-
De payer, à Corneille, un indigne tribut.   [fendre
Nous avons , comme tous', demandé qu'il parût.

MARIE.

Et, sans doute , il vous a satisfaits ?

POUSSIN.

Non, Madame ,
On ne l'a pu trouver. — On prétend que sa femme
A sur lui tel pouvoir, qu'il s'enferme au logis ,
Et paraît oublier sa gloire et ses amis.

MARIE.

(*Bas à Corneille.*)   (*Haut.*)
Pierre, vous l'entendez.—Ce n'est là qu'une ruse,
Et le public a pris une aussi vaine excuse !..
Je voudrais parier que, caché dans un coin,
Corneille contemplait son triomphe de loin.

PHILIPPE.

Certes, vous vous trompez ; à cette étrange absence,
Si j'ai cru tout d'abord, c'est que j'ai l'assurance

Que n'importe où Corneille eût été se blottir,
Je n'aurais pas manqué , moi , de l'y découvrir.

DUCHESNE.

Il vous est donc connu ?...

PHILIPPE.

Non , mais un pareil homme,
En tous lieux , malgré lui , se trahit et se nomme.

CORNEILLE.

Vous croyez ?

PHILIPPE.

Si je crois !

CORNEILLE.

Mais , alors , en secret ,
Vous avez , en vous-même , arrangé son portrait.

MARIE.

Voulez-vous nous le peindre ?

PHILIPPE.

Est-ce donc nécessaire ?
Est-il cœur un peu chaud qui ne puisse le faire ?

MARIE.

Je l'avoue , à ma honte , en un semblable cas ,
J'éprouverais , Monsieur, un fort grand embarras.

PHILIPPE.

Sans doute , je ne puis vous dire sa figure,
Pas plus que , sans erreur, limiter sa stature ;
Mais qui donc, entendant le fruit de ses travaux ,
Pourrait ne pas le voir grand comme ses héros ?
Si ce n'est d'un beau front, d'où viendrait sa pensée,
Toujours en vers heureux noblement cadencée ?
Corneille a retrouvé le vrai type romain. —
Ceux que le ciel a faits pour si brillant destin,
Ont le regard rempli de telle indépendance,
Qu'on devine leur force et leur toute-puissance ,
Rien qu'à tourner sur eux un œil inquisiteur. —
Moins bien que là sottise on cache un noble cœur.
Je tiens Corneille fait à l'image d'Homère ;
D'un port majestueux, d'une démarche fière,
Jeune encor, mais déjà plein de pensers profonds,
Et livré , sans réserve , à ses rêves féconds. —
Sous la gloire et l'honneur dont l'éclat l'environne,
D'avance , je suis sûr que sa tête rayonne ,
Et qu'à l'air inspiré dont sa face reluit,
Je dirais , sans faillir, entre mille , c'est lui ! ! !....

CORNEILLE.

Le portrait est flatteur , mais outré ce me semble.
Peut-être s'en faut-il beaucoup qu'il y ressemble.
Et si j'étais, moi-même, à peu près son portrait,
Seriez vous étonné ?

PHILIPPE , *brusquement.*

Vous ! mais vous êtes laid !

POUSSIN, *le poussant.*

Philippe !...

PHILIPPE, *passant devant Poussin.*

         Oh ! pardon, je ne voulais pas dire...
Les œuvres de génie ont sur moi tel empire,
Que je ne me sens plus maître de mes discours;
Je parle, à tout hasard, et m'en repens toujours.

CORNEILLE.

Vous admirez donc bien cette pièce nouvelle.
Est ce qu'elle est, vraiment, si parfaite et si belle?

PHILIPPE.

Belle ! que dites-vous? Sublime et plus encor ?
Pour nommer tel chef-d'œuvre il n'est mot assez fort.

CORNEILLE.

J'ai, du théâtre, aussi, quelque peu l'habitude;
J'ai vu deux ou trois fois ce chef-d'œuvre à l'étude,
C'est fort beau, j'en conviens, mais non pas sans
On le pensait au moins.   [défaut.

PHILIPPE.

         Quelques obscurs rivaux
Qui, vaincus et jaloux, vengent leur impuissance
Par de méchants propos de vaine médisance.

CORNEILLE.

Non, pas, vous vous trompez.

PHILIPPE.

         Et qu'y peut-on blâmer ?

CORNEILLE.

Mille endroits qu'il serait trop long de vous nommer.

PHILIPPE.

Qui ne peut rien prouver répond de telle sorte,
Pour moi, je n'y vois point un vers qui ne trans-
Emilie implacable, Auguste généreux,   [porte.
Cinna, pour son malheur, sans cesse entre les deux,
Sont nobles et touchants, jusques en leur faiblesse
— Le début d'Émilie où se peint sa détresse...

CORNEILLE.

Oh ! ce discours, sans fin, sent un peu le rhéteur.
Faut-il donc tant parler, pour conter sa douleur?

POUSSIN.

Mais qu'objecterez-vous aux paroles d'Auguste,
Alors que, balançant, en sa vengeance juste,
Il repasse, en son cœur, ses destins malheureux ?

PHILIPPE.

Que n'avons-nous, ici, la pièce sous les yeux,
Je voudrais, en deux mots, vous réduire à vous taire.

DUCHESNE, *tirant un manuscrit de sa poche.*

Que je suis donc heureux, Messieurs, en cette af-
         [faire !
Je puis à qui de droit donner soudain raison.

Prenez ce manuscrit que je dois à Baron.

PHILIPPE*, *passe pour se saisir du manuscrit*
de Duchesne.

Donnez, donnez ! César connaît l'ingratitude
Des amis dont son ame avait pris l'habitude,
Le nom des conjurés, le lieu, l'heure, le jour;
Il a pour ennemis les plus grands de sa cour,
« Ciel, à qui voulez-vous désormais que je fie, etc.
(*Au gré de l'acteur, plus ou moins du morceau de*
Corneille.)

POUSSIN, *à Corneille.*

Trouvez-vous encor là quelque chose à redire ?

PHILIPPE.

Oserez-vous blâmer ce que chacun admire ?
Si ce n'est tout esprit médiocre et jaloux,
Nul ne se défendra d'applaudir, avec nous.

CORNEILLE. (*Poussin prend le manuscrit.*)

Cependant, permettez, je pourrais vous répondre
Qu'un aussi long discours a de quoi me confondre,
Et que, même accablé des maux les plus cuisants,
Nul homme ne se peut parler aussi long-temps.

POUSSIN, *lisant le manuscrit.*

Et l'éloquent récit que fait, pour Émilie,
Cinna, prêt à remplir le serment qui le lie !

POUSSIN. **

Il quitte ses amis qu'il vient de préparer,
Et sait ce que de tous il a lieu d'espérer.
« Plût au ciel que vous-même eussiez vu de quel zèle
(*Au gré de l'acteur, plus ou moins du morceau de*
Corneille.)

PHILIPPE.

C'est un trésor sans prix que cette poésie,
L'ame qui s'en nourrit jamais ne rassasie,
Quiconque a lu ces vers veut les relire encor;
Ils sont nés sans fatigue, on les dit sans effort.

CORNEILLE.

Oui, l'on doit à cela donner quelques louanges ;
Cependant, Émélie a des pensers étranges,
Et l'on pourrait blâmer justement, selon moi,
De son funeste amour la frénétique loi.
Qu'est-ce que cette femme, espèce de furie,
Qu'Octave généreux traite en fille chérie,
Et qui, cent fois ingrate, est prête à se donner
A qui, pour ses faveurs, voudra l'assassiner ?

PHILIPPE.

Vous avez mal compris Corneille en cet ouvrage.

CORNEILLE.

A la reconnaissance il a fait un outrage,

* Duchesne, Marie, Philippe, Corneille, Poussin,
** Duchesne, Marie, Poussin, Corneille, Philippe.

Au moins, convenez-en.

PHILIPPE. (*Poussin remonte la scène*.*)

Je ne conviens de rien !
Corneille est noble et beau, Corneille est tout divin;
Et ceux-là sont des nains qui critiquent sa taille.
S'il usait, envers eux, jamais, de représaille,
Dans son obscurité, chacun d'eux rentrerait.
Oseraient-ils parler, s'il ne les dédaignait ?

MARIE, *bas à Corneille.*

A les contrarier, pourquoi donc vous complaire ?

CORNEILLE, *de même à Marie.*

Si tu savais quel prix j'attache à sa colère,
Oh ! laisse m'en jouir.

MARIE, *bas.*

Non, non, c'en est assez :
(*Haut.*)
Je me joins à Monsieur, en vain vous rabaissez
Ce poëte puissant, moi, je crois à sa gloire,
Autant qu'à nos destins il est permis de croire. —
Pierre, lisez-nous donc; cela pour vous punir,
Une scène qu'enfin vous allez applaudir;
Celle qui, brusquement, ouvre le cinquième acte.
(*Corneille refuse.*)
Voilà notre jaloux qui déjà se rétracte. —
Non, votre repentir vient trop hors de saison,
Lisez, pour vous apprendre à blâmer sans raison.

CORNEILLE.

Permettez... Votre avis, eh bien ! je le partage.

DUFRESNE.

De votre sentiment, ayez donc le courage.

MARIE.

Vous seriez trop heureux qu'on vous laissât en
[paix.

PHILIPPE.

Peut être n'aimez-vous, Monsieur, que les sonnets?
C'est fort récréatif, mais je crois que Corneille
Se livre rarement à besogne pareille...

CORNEILLE.

(*Bas.*)
Des sonnets. — Je comprends, est-ce donc que
C'est bon, j'aurai mon tour...   [tantôt?
(*Haut.*)
Allons, puisqu'il le faut;
(*Il prend le manuscrit.*)
« Prends un siége, Cinna, c'est moi qui t'en convie.
(*Au gré de l'acteur, plus ou moins du morceau de
Corneille.*)

POUSSIN.

Convenez qu'on ne peut, avec moins d'artifices ** ,

* Duchesne, Marie, Corneille, Philippe, Poussin.
** Ce vers rime avec le dernier du morceau de Corneille.

Produire sûrement un effet merveilleux.

PHILIPPE.

Convenez que tout vers est ici lumineux,
Et que le moindre mot de grandeur y rayonne.

DUCHESNE.

Convenez donc encore qu'Auguste qui pardonne,
Ne pouvait, en ce cas, montrer plus de grandeur.

MARIE.

Convenez donc enfin qu'il faut un noble cœur
Pour tirer tels accents de la lyre tragique,

CORNEILLE.

Puisque vous m'enlevez le temps de la réplique,
Je vous cède en tous points, et n'en veux plus par-
[ler,
Nous pourrions, trop long-temps, ainsi nous que-
[reller. —
Duchesne, de votre art, voici deux chauds apôtres,
J'en ai fait mes amis, qu'ils deviennent les vôtres.
Voilà le protecteur que je vous ai promis,
Tous deux au Luxembourg vous allez être admis,
Au Collége de Laon, vous prendrez votre gîte.

POUSSIN et PHILIPPE.

Que de reconnaissance !

CORNEILLE.

Oh ! nous vous tiendrons quitte.
Dès que vous aurez fait quelque chose de beau ;
J'attends, pour nous payer, votre prochain tableau.

PHILIPPE.

Et vous n'attendrez pas très long-temps, je l'espère.

POUSSIN.

A qui devons-nous donc un sort aussi prospère ?

CORNEILLE, *désignant Duchesne.*

Mais à ce noble ami, peintre du cardinal.

POUSSIN.

Vous voulez nous cacher votre nom, et c'est mal.
Nous n'accepterons pas le bien que vous nous faites,
Jusqu'à l'heure où, par vous, nous saurons qui
[vous êtes.

PHILIPPE.

D'où vient ce long secret ? Pourquoi vous cachez-
[vous ?
Vous ne pouvez rester un étranger pour nous !
Madame, c'est sur vous que notre espoir se fonde.

MARIE.

Prenez garde, Monsieur, que ce mot vous confonde.

PHILIPPE.

Moi, qu'importe, oh parlez !

MARIE.

Non.

POUSSIN.

Mais de grâce !

MARIE.

Eh bien !

(*L'on entend du bruit.*)

CORNEILLE.

Et bien ! J'entends monter ; un instant, quelqu'un
[vient.

❖❖❖❖❖❖❖❖❖❖❖❖❖❖❖❖❖❖❖❖❖❖❖❖❖❖

SCÈNE IV.

DUCHESNE, MARIE, CORNEILLE, JOSEPH,
(dans le fond du théâtre), **PHILIPPE, POUSSIN.**

MARIE.

Entrez.

CORNEILLE.

C'est toi, Joseph ?

JOSEPH.

Oui, monsieur, l'on m'envoie,
Du théâtre, où ce soir, chacun est fou de joie,
Par avance, annoncer Messieurs les comédiens.
Ils arrivent ; chez vous leurs pas suivent les miens.

POUSSIN.

Les comédiens !

PHILIPPE.

Ici !

CORNEILLE.

Et pourquoi cette idée ?

JOSEPH.

La visite, à l'instant, vient d'être décidée.
Ils veulent, sur Cinna, tous vous complimenter.

PHILIPPE.

Cinna !... qu'ai-je entendu ?...

CORNEILLE.

Défends-leur de monter,
Le temps que je m'échappe...

PHILIPPE.

Eh ! oui, cette noblesse
Ces doux et chauds regards, cette grave jeunesse,
Ce port et cette voix. Oh ! je m'y reconnais !!

MARIE.

Eh bien ! que pensez-vous, monsieur, de vos por-
Je vous fais compliment...   [traits.

PHILIPPE, à *Marie.*

Pardon... (*à Corneille*) c'est vous, Corneille,
A qui je viens de faire une insulte pareille.
Pour ma témérité me pardonnerez-vous ?

POUSSIN.

Laissez-nous embrasser votre main à genoux,

CORNEILLE.

A genoux, devant moi, lorsque votre colère
Amis, est à mon cœur et si douce et si chère.
Non, non ; mais dans mes bras. — Vous m'avez
     [trouvé laid,
En somme, vous étiez quelque peu dans le vrai.
N'avez-vous pas loué Cinna, contre moi-même,
Et défendu mon œuvre avec un zèle extrême ?
Je suis déjà payé du bien que je vous fais ;
Nous sommes compagnons et frères désormais !
— Si tu te sens encor quelque tendresse à l'ame,
Philippe, je permets deux baisers à ma femme.
— Duchesne, allez, pour moi, trouver mes bons
Hâtez-vous, dites-leur que je suis mal remis [amis,
D'un malaise récent, que je les remercie...
Que je me souviendrai, durant toute ma vie,
De leur noble démarche. Enfin, dites encor
Tout ce que vous pourrez.

DUCHESNE.

Que je fasse un effort,
Pour vous tirer de là !

MARIE.

Qu'à leur reconnaissance,
Vous opposiez, Monsieur, semblable indifférence !

POUSSIN.

Que vous n'acceptiez pas leurs applaudissements·

PHILIPPE.

Non pas, vous les verrez...

MARIE.

D'ailleurs, je les entends ;
A les bien recevoir, courage mon poète !
Pour vous fêter aussi, ma couronne était prête.
     (*Elle lui donne une couronne.*)
Les voilà,

❖❖❖❖❖❖❖❖❖❖❖❖❖❖❖❖❖❖❖❖❖❖❖❖❖❖❖❖❖❖❖

SCÈNE V ET DERNIÈRE.

**TOUS LES ARTISTES, PHILIPPE, POUSSIN, DU
CHESNE, MARIE, CORNEILLE.**

UN ACTEUR.

Mes amis, Corneille, en ce grand jour,
Ont de ma faible voix emprunté le secours.
Recevez, en leur nom, ces palmes glorieuses
D'un prêtre tel que vous les muses sont joyeuses,
Et c'est fête au Parnasse alors que vous parlez.
Voici pour les trésors que vous nous révélez. —

UN AUTRE.

Pour Diègne...

UN AUTRE.

Et César...

UN AUTRE.

Pour Horace.

UN AUTRE.

Et Camille...

UN AUTRE.

Emélie...

UN AUTRE.

Et Cinna.

UN AUTRE.

Pour Gomès...

UN AUTRE.

Et sa fille.

(Ils sont tous passés devant lui, rentrés au fond,
ils se tiennent presqu'à genoux.)

CORNEILLE.

Pour tant d'heur en un jour, oh! mes amis, merci !
Merci! mais je vous dois des couronnes aussi.
En mes moindres succès, vous avez votre gloire,
L'avenir de vos noms aura-t-il la mémoire.
A moi-même, ici-bas, mort, je me survivrai
Sur les siècles à naître, un jour je planerai ;
Au moins j'en ai l'espoir ! J'en crois votre parole,
Qui, dans mes durs travaux, m'anime et me console.
Et des vers que du cœur vous faites applaudir,
Il en est quelques-uns qui ne sauraient périr.
Mais vous, frères, mais vous, dont le génie esclave
Se fait parfois si grand sous sa pesante entrave,
Quand vous rendez la voix à nos héros muets,
Et de l'ame en labeur exposez les secrets.
Vous, ne mourrez vous pas sans qu'il reste, à
         [grand peine,
Souvenir des travaux dont votre vie est pleine !...

Lorsque j'entends, pour moi, retentir les bravos,
Et la foule, en transport, fatiguer les échos
De la salle où, par vous, s'anime ma pensée,
Je souffre de la joie, à mon ame imposée !
Et si j'osais alors paraître parmi vous,
Je lèverais le front, et je dirais : Pour nous,
Dix générations, et plus encor peut être,
Auront pareil amour. Avant de disparaître
Dans le gouffre qui s'ouvre au troupeau des humains
Elles applaudiront, en passant, nos destins.
Mais eux ne peuvent pas nourrir cette espérance,
Et leur gloire finit où la tombe commence.
Le triomphe est toujours au dernier qui parait ;
Pour un qui se survit, un mille disparait ;
Et lorsque, dans la mort, celui-là se repose,
S'il nous a pu laisser, après lui, quelque chose,
Ce n'est qu'un nom inscrit dans les fastes des arts,
Ou qu'un froid souvenir, en l'ame des vieillards ;
Payez-les sans compter, soutenez leur courage,
Rendez à leurs efforts un généreux hommage,
Et qu'ils puissent, au moins, à l'heure de mourir,
De leur gloire avoir eu tout le temps de jouir. —
Afin que vous ayez, de plus, en votre vie,
Un souvenir qui plaise à votre ame attendrie !
Et pour prix du bonheur qu'aujourd'hui je vous
         [dois.
Au nom de l'amité qui nous tient sous ses lois.
Pour Diègue et Cesar, pour Horace et Camille,
Émélie et Cinna, pour Gomès et sa fille,
Que tous vous avez faits et si beaux et si grands,
Ces couronnes, amis, prenez, je vous les rends !!!

FIN DE LA PIÈCE.

ROUEN. Imp. de NICÉTAS PÉRIAUX.

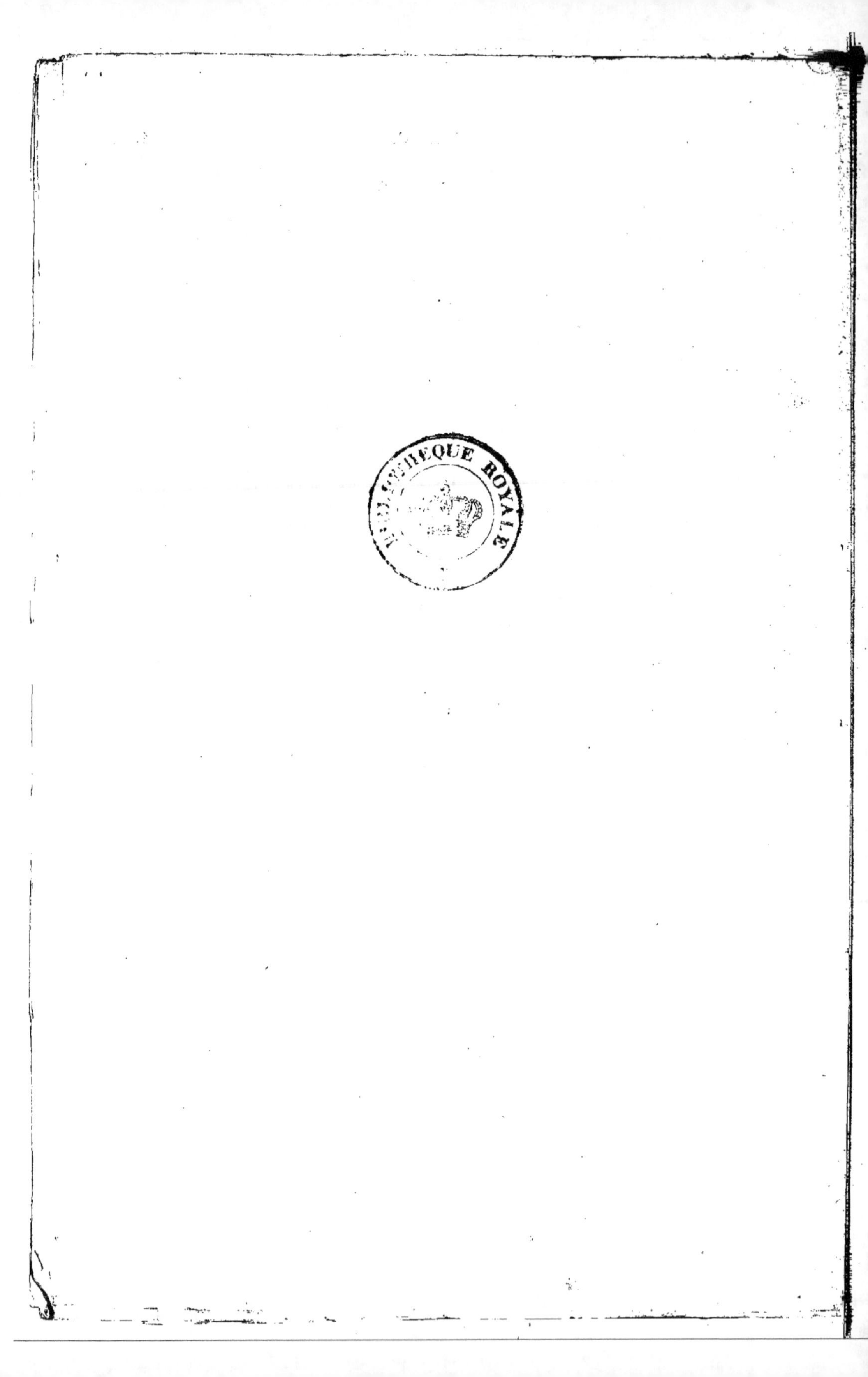